NOTICE

SUR

DEUX ANCIENS ROMANS

INTITULÉS

Les Chroniques

de Gargantua.

TYPOGRAPHIE DE A. PINARD, QUAI VOLTAIRE, 15.

NOTICE

SUR

DEUX ANCIENS ROMANS

INTITULÉS

Les Chroniques
de Gargantua,

OU L'ON EXAMINE LES RAPPORTS
QUI EXISTENT ENTRE CES DEUX OUVRAGES
ET LE GARGANTUA DE RABELAIS,

ET SI LA PREMIÈRE DE CES CHRONIQUES N'EST PAS AUSSI DE L'AUTEUR
DU PANTAGRUEL.

PAR L'AUTEUR
DES NOUVELLES RECHERCHES BIBLIOGRAPHIQUES.

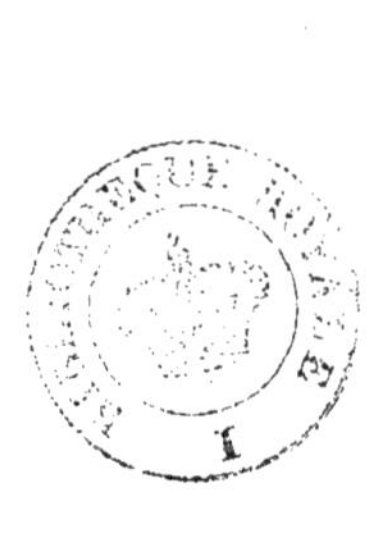

PARIS,

CHEZ SILVESTRE, LIBRAIRE, RUE DES BONS-ENFANS, N° 3o.

DÉCEMBRE 1834.

NOTICE

CHRONIQUES DE GARGANTUA.

Quel que soit le jugement qu'on veuille porter sur le roman de François Rabelais, il est impossible de ne pas reconnaître dans l'auteur un de nos écrivains les plus originaux et les plus spirituels ; le premier, peut-être, après Froissart, qui ait réussi à donner à la prose française cette souplesse et cette vivacité dont Amyot, et surtout Montaigne, nous ont laissé depuis de plus parfaits modèles. Mais deux choses particulièrement caractérisent cette facétieuse production ; savoir, l'immense érudition et les nombreux traits satiriques qui y sont répandus. C'est là ce qui, en éveillant l'attention des philologues, est venu ouvrir un si vaste champ aux conjectures extravagantes de ces *abstracteurs de quintessence*, qui, toujours disposés à faire songer à Rabelais ce que *oncques il ne songea*, ont trouvé dans sa fable fantastique l'histoire suivie de son époque, et dans les enfans de son imagination, les principales notabilités de la cour de François Ier, et jusqu'à ce roi lui-même. Un homme de beaucoup d'esprit [1] a fait dernièrement bonne justice de ces commentateurs à foi robuste. D'après cela, il faut espérer que la philologie restera désormais l'objet principal, si non unique, des interprêtes futures du Pantagruel; et certes, le cadre ainsi restreint est encore assez vaste pour qui saura le remplir convenablement. Pour nous, renfermés dans un cercle beaucoup plus étroit, nous ne considérons ce travail que sous le rapport bibliographique, et même nous bornons-nous exclusivement ici à un point d'histoire littéraire que personne n'avait encore aperçu, mais qui nous a semblé assez curieux pour faire le sujet d'une notice destinée à compléter celles que nous avons données dans le 3e volume des *Nouvelles Recherches bibliographiques*, article Rabelais.

Entrons en matière.

Lorsque parut pour la première fois cette portion du Pantagruel, devenue depuis le second livre des œuvres de l'auteur, il existait déjà des *Chroniques de Gargantua*, petit ouvrage au sujet duquel Rabelais, tant au commencement qu'à la fin du prologue de ce même second livre, s'est exprimé ainsi :

---

[1] M. Ch. Nodier, dans un article du *Temps*, intitulé: *De quelques livres satyriques et de leur clef*, article publié à part, chez Techener, en octobre 1834.

« *Tres-illustres et tres-chevalereux cham-
pions, Gentilshommes, et aultres, qui volun-
tiers vous addonnez à toutes gentillesses et hon-
nestetez, vous avez naguieres veu, leu, et sceu les*
𝕲𝖗𝖆𝖓𝖉𝖊𝖘 𝖊𝖙 𝖎𝖓𝖊𝖋𝖙𝖎𝖒𝖆𝖇𝖑𝖊𝖘 𝕮𝖍𝖗𝖔𝖓𝖎𝖈𝖖𝖚𝖊𝖘 𝖉𝖊 𝖑𝖊𝖓𝖔𝖗𝖒𝖊 𝕲𝖊-
𝖆𝖓𝖙 𝕲𝖆𝖗𝖌𝖆𝖓𝖙𝖚𝖆 : *et comme vrais fideles les avez
cruës galantement... Et à la mienne volunté que
ung chascun laissast sa propre besongne, ne se
souciast de son mestier, et mist ses affaires pro-
pres en obli, pour y vacquer entierement.....*

« *Et le monde a bien cogneu par experience
infaillible le grand emolument et utilité qui ve-
noit de la-dicte-Chronicque Gargantuine ; car il
en a esté plus vendu par les imprimeurs en deux
mois , quil ne sera achepté de Bibles en neuf ans.
Voulant doncques (moi[1] vostre humble esclave) ac-
croistre vos passetemps dadvantaige ; vous offre
de present un aultre livre de mesme billon, sinon
quil est un peu plus esquitable et digne de foy que
nestoit lautre..... »*

Mais faute d'avoir fait assez d'attention aux
passages remarquables que nous venons de citer,
et, surtout, d'avoir eu sous les yeux l'ouvrage
même qui y est mentionné, les commentateurs
ne se sont pas aperçus qu'il s'agissait là de tout
autre chose que du Gargantua, ordinairement
placé dans les éditions de Rabelais ; et nous-mê-
mes, n'ayant pas pu nous procurer alors un seul
exemplaire de ces 𝕲𝖗𝖆𝖓𝖉𝖊𝖘 𝖊𝖙 𝖎𝖓𝖊𝖋𝖙𝖎𝖒𝖆𝖇𝖑𝖊𝖘 𝕮𝖍𝖗𝖔-

---

[1] Il y a *je* dans d'autres éditions.

nicquee, nous n'en avons parlé que très vague-
ment dans nos Nouvelles Recherches [1], sans en
pouvoir donner exactement le titre, et sans, par
conséquent, entrevoir encore ce que ce même
titre rapproché de celui qu'a donné notre auteur, devait nous apprendre plus tard. Peut être
serions-nous restés long-temps dans la même
ignorance à cet égard, si le catalogue curieux
d'une partie de l'importante et très vaste li-
brairie de MM. de Bure frères, nouvellement
publié [2], n'était pas venu nous révéler l'existence
d'un livre dont le titre a la plus parfaite identité
avec celui que nous a conservé le prologue du
Pantagruel. Cette annonce a été pour nous un
trait de lumière, suffisant pour dissiper nos dou-
tes, non seulement sur le livre en lui-même,
mais encore sur la date de la première édition du Pantagruel, et sur l'ordre dans lequel Rabelais a publié ses deux premiers livres.
De plus, en examinant attentivement l'exemplaire de ces Chroniques que MM. de Bure ont
bien voulu laisser plusieurs jours entre nos
mains, nous avons pu nous convaincre qu'il
existe plus d'un rapport, d'abord entre ce pre-

---

[1] Nous avons seulement cité (tom. 3, p. 136, 2e col.),
Les Chroniques de Gargantua, in-4°, dont M. A. Martin
avait annoncé un exemplaire dans un petit catalogue publié
par lui. Le même exemplaire appartient aujourd'hui à
M. A.-A. Renouard. Nous en donnerons la description ci-
dessous.

[2] Pour la vente qui commencera le 22 janvier prochain.

mier opuscule et le Gargantua plus étendu de Rabelais, ensuite entre le même opuscule et un troisième roman, où le même sujet a reçu de nouveaux développemens.

Avant de chercher dans le fait qui nous occupe toutes les conséquences qui en doivent découler, il est nécessaire de donner ici le titre et une courte analyse du petit ouvrage auquel nous consacrons une grande partie de cette notice.

Les grandes et

ineſtimaßles Cronicqs : du grant & enozme geant Gargantua : Contenant la genealogie/ la grãdeur & force de ſon cozps. Auſſi les merueilleuȥ faictȥ darmes quil fiſt pour le Roy Artus/ cõ me verreȥ cy apzes. Jmpzime nouuellemẽt. 1532.

(Ici une vignette en bois représentant un portefaix qui soutient un globe terrestre sur des crochets.)

Pet. in-4° de 16 f. non chiffrés, impr. à longues lig. au nombre de 30 sur les pages qui sont entières, avec des caractères goth., sous les signat. A.-D.

L'ouvrage est divisé par chapitres, et chaque chapitre est précédé d'un sommaire, répété avec quelque différence dans la table qui remplit deux pages, à la fin du livre, laquelle est suivie de la souscription, imprimée au verso du dernier feuillet, et que nous donnons ci-contre.

Cy finissent les Cronicques du grant et puissant geant Gargantua/cotenat sa genealogie La grandeur τ force de son corps.Aussi les merueilleux faictz darmes quil
fist pour le noble Roy artus (Tat
contre les Gos et Magos / que
a lencotre du Roy Dirlan
de et Zelande.Auecques
les merueilles de Merlin. Nouuellement
Imprimes A
Lyon.

Au verso du frontispice se lit une introduction
que nous croyons devoir reproduire en entier,
pour faire connaître le style de l'auteur.

Comment au temps du bon roy Artus il
estoit Ung tres expert Nigromancien que
on appelloit Merlin.

Tres bons cheualliers et gentilz homes Vous debuez scauuoir q̃ au temps du bon roy Artus / il estoit
Ung grand philosophe nome Merlin lequl estoit expert
en lart de nigromance plus q̃ nul home du monde /
Lequel iamais ne cessa de secourir lestat de noblesse /
dont il merita par ces faictz estre appelle prince des
nigromaciés [1]. Ledict Merlin fist de grandes mer

---

[1] Dans les *Croniques admirables*, in-8°, dont il sera parlé
ci-dessous, le compilateur a ajouté :

Il fut engendre sans pere humain : Car sa mere

ueilles / lesquelles sont fortes a croire a ceulx q̃ ne les ont veues. Merlin estoit du grant conseil du roy Artus et toutes les demãdes quil faisoit en la court dudit Roy / luy estoyent octroyees / fust pour luy ou pour aultres. Il guarentit le Roy et plusieurs de ses barõs et gentilz hommes de grans perilz et dangiers. Il fist plusieurs grans merueilles / Entre lesquelles il fist vne nauire de cinq cens tõneaulx [1] qui alloit vagant sur terre ainsi que vous en voyez sur mer. Et plusieurs aultres merueilles que sont trop prolixes a racompter comme vous verrez plus a plain.

Merlin, qui, comme on sait, est un des principaux personnages de nos anciens romans du Saint-Graal et de la Table-ronde, joue un grand rôle dans notre Gargantua, et en est pour ainsi dire le *Deus ex machinâ*. Toujours empressé de rendre service au roi Artus, dont il est le plus intime conseiller, il cherche à prémunir ce prince contre l'entreprise des ennemis qui doivent un jour fondre sur lui avec des armées nombreuses. Or, pour lui assurer un défenseur invincible, il imagine de se transporter sur une haute montagne d'Orient. ꝗ auecques luy emporta vne empolle laquelle estoit plaine du sang de lancelot du lac quil

estoit vne ieune fille deuotte : la quelle cõceupt dung esperit fantasticque qui la nuyct la vint illuder / et en ceste illusion naturelle fut produicte aultre semẽnce dailleurs ꝗ alors conceupt ladicte ieune fille lenfant qui fut nomme merlin.

[1] Les Croniques admirables portent ici *mil cinq cens*.

auoit recueilly de ſes playes apres quil auoit tournoye ou combatu contre aulcun cheuallier. Oultre plus porta la rongneure des ongles du doys de la belle royne geniefure eſpouſe du noble roy artus qui peſoyet enuiron cinq liures ¹.

Parvenu sur cette montagne, il se fait apporter les os d'une baleine mâle et ceux d'une baleine femelle, et, par la force de ses enchantemens, il en procrée un homme et une femme, qu'il nomme Grand Gosier et Galemelle. De ce couple géant devait naître le héros du roman ; mais en attendant cet enfantement, Merlin a soin de leur procurer une grande jument ſi puiſſante quelle pouuoit bien porter les deux auſſi facilement que fait ung cheual de dix ecus ung ſimple homme. La manière dont fut conçu Gargantua, est rapportée d'une façon tant soit peu libre dans un chapitre particulier qui manque à notre exemplaire, et qui a été longuement amplifié dans la nouvelle rédaction de ces mêmes chroniques, impr. in-8°. Lorsque l'enfant monstre fut né, son père le voyant si beau : Adonc le nomma Gargantua (lequel eſt Vn Verbe

---

¹ Il y a *douze ou treze liures* dans les Croniques admirables, où on lit ensuite le passage suivant qui n'est pas dans l'in-4°.

Oultre plus porta certaines relicques ſecrettes/ceſt aſſauoir de la mouſſe de la fontaine en laquelle genius Vient eſpandre le doulx brouet de generation. le tout ſpermatiſe de ſoupirs tranſperſans.

grec) qui vault autant a dire : comme tu es ung beau filz [1]. Plus tard, quand il fut parvenu à l'âge de sept ans, les deux époux songèrent à le conduire à la cour du bon roi Artus, selon le conseil qu'ils en avaient reçu de Merlin. Mais hélas ! il ne leur était pas donné d'arriver au but de leur voyage. Tant a fait Grant Gosier et sa compaigne quilz sont arriuez a Rome / et de la sont venuz en allemaigne / en soupce : Et au pays de Lorraine : et de la grant champaigne : ou il y auoit pour ce temps la de grant boys.... Quant la grant iument fut dedans les forestz de champaigne les mouches se prindrent a la picquer au cul. La dite iument qui auoit la queue de deux cens brasses / Et grosse a laduenant : se print a esmoucher : et alors vous eussiez veu tomber ces gros chesnes menu comme greslle : et tant continua la dicte beste quil ny demoura arbre debout que tout ne fut rue par terre : et autant en fist en la beaulce : car a present ny a nul boys....... [2]. Alors sen allerent au riuage ou a present est le mont saint Michel... et la demanderent le chemin pour aller en la grãt bretaigne. Avant de songer à passer la mer, ils s'arrêtèrent dans le pays des Bretons, où ceux-ci leur ayant dérobé une partie de leur copieuse provision de vivres, furent bientôt punis de ce méfait. Ensuite Grand

---

[1] Rabelais n'a pas reproduit cette plaisanterie dans le chapitre VII de son Gargantua, où il donne à ce nom une origine bien différente.

[2] Cet épisode de la grande jument a été imité dans le XVIe chapitre du premier livre de Rabelais.

Gosier et Galemelle jetèrent sur la rive de la mer deux rochers qu'ils avaient apportés sur leur tête, et ces deux rochers furent appelés, l'un le mont Saint-Michel et l'autre Tombelaine. Mais après que nos deux géans furent revenus de cette expédition, il leur prit une fièvre dont ils moururent faute d'une purgation. Gargantua fut très sensible à cette double perte, et pour se distraire il vint à Paris. Puis va entrer en la ville et se alla asseoir sur une des tours de Nostre Dame / mais les iambes luy pédoyent iusq en la riuiere de seine [1] et regardoit les cloches de lune ꝗ puis de lautre [2] ꝗ se

---

[1] *Vers la place Maubert*, Chroniques, in-8°.

[2] Dans les Chroniques in-8° on lit ici :

Alors luy souuint de lorloge de Rennes que son feu pere Grand gosier luy auoyt pendue a loreille de peur de le perdre es marestz dentre le mont sainct Michel ꝗ Dol / craignans ceulx de la dicte eglise quil emportast leurs cloches se prindrent a sonner les grosses Orgues / mais quant il les ouyt ainsi asprement sonner il les frapa et leur donna pour destinee quelles chanteroyent le tẽps aduenir aussi doulcemẽt comme ung cent dasnes. Ce qui leur est demoure : car il ne fault point daultre vinaigre aux oreilles de ceulx qui les escoutent. Cest une perte de ronflerie pour une telle eglise.... Adonc vous eussiez veu venir tous les parisiens a grant foulle / car comme vous pouez scauoir le peuple de Paris est sot par sa nature...

Suivent d'autres augmentations. Rabelais, dans le XVIIe livre du Gargantua, a imité le passage concernant les cloches de Notre-Dame.

pzint a bzâſler les deuꝗ qui ſont eꞑ la groſſe tour leſ=
quelles ſont tenues les plus groſſes de ffrâce. Aðõc
ꝟoꝰ euſſiez ꝟeu ꝟenir les pariſiẽs tous a la foule ꝗ le
regarðoꝑēt ꝗ ſe mocquoꝑēt de ce ꝗ il eſtoit ſi grât. Lozs
penſa quil empozteroit ces deuꝗ clocꝺes et quil les pen=
ðzoit au col de ſa iument ainſi quil auoit ꝟeu des ſon=
nettes au col des mules. Aðonc ſeꞑ part et les em=
pozte. qui furent maris ce furent les pariſiens car de
fozce ne falloit point uſer contre luy. Lozs ce mirent eꞑ
conſeil/et fut dit que loꞑ yzoit le ſupplier que il les rap=
poztaſt et miſt eꞑ leur place ou ilz les auoit pzinſes et
que il ſeꞑ allaſt ſans plus reuenir et luy donnerent
troys cens beufz et deuꝗ cens moutons[1] pour ſoꞑ diſner
ce que accozða Gargantua/puis ſeꞑ alla ledict Gar=
gantua ſur le riuaige de la mer dont il eſtoit ꝟenu....
Là il trouva Merlin qui l'attendait pour le recon-
forter, et qui le conduisit sur une nuée en Angleterre, après lui avoir fait abandonner la Grande Jument, laquelle de son côté se rendit en Flandre.
Notre héros arriva fort à propos auprès du roi Artus, car celui-ci venait de perdre deux batailles en
une seule semaine, contre les Gos et Magos, qui
lui faisaient une guerre terrible. Sans perdre de
temps, Gargantua, armé d'une massue énorme
que lui avait fabriquée Merlin, combattit avec tant
d'avantage les ennemis du roi, qu'ils furent con-
traints de demander mercy. Et Gargantua retour=
na a Lonðzes par deuers le roy et Merliꞑ leur conta
le cas. Artus, après avoir remercié convenablement le vainqueur, et lui avoir donné un grand

---

[1] *Sept cens beufz et cinq cens moutons*, Chroniques, in-8°.

repas , où l'on servit les jambons de quatre cents pourceaulx sallés, et tout à l'avenant ordonna à son maître d'hotel de faire faire les habillements de livrée de Gargantua *et quil fuſt fourni de chemiſe ꝗ de tous aultres Beſtement....* Puis fut leue par le commandement du dict grant maiſtre dꝰhoſtel huyt cens aulnes de toiſſe pour faire Une chemiſe audit Gargantua / et cent pour faire ſes couſſons en ſorte de carreaulx / leſquelʒ ſont mis ſoubʒ ſes eſſelles... [1]. Cependant le roi Artus eut bientôt une nouvelle guerre à soutenir contre les Hollandais et les Irlandais, et cette fois encore ce fut Gargantua qu'il chargea de le défendre. Ici l'auteur rapporte avec complaisance les faits merveilleux de notre héros. C'est dans l'ouvrage même qu'il faut en lire le récit, si l'on veut avoir une juste idée de leur extravagance. Contentons-nous de dire que dans une dernière bataille contre les ennemis , Gargantua eɳ peu de temps eɳ tua cent miſſe deuɼ cens et diɼ iuſtement, et Vingt qui faiſoyēt ſes moꝛs ſoubʒ ſes aultres, et que pour terminer dignement cette prouesse, après avoir fait prisonniers le roi et les barons du pays, au nombre de cinquante, il les mit tous dans une dent creuse qu'il avait ; et plaça le roi dans sa gibecière. Restait encore un géant de douze coudées de haut, venu tout exprès pour soutenir la partie des Gos et Magos,

---

[1] Ce dernier alinéa est reproduit presque mot pour mot dans le VIIIe chapitre du Gargantua, où l'on a imité les détails extravagans des emplettes faites pour l'habillement de ce Géant.

et les venger du meurtre qu'en avait fait Gargantua. Celui-ci alla le prendre et ſuy plia leſ raineſ eŋ la foꝛme et maniere que loŋ plieroit ꝟne douʒaine deſguiſletteſ et ſe miſt eŋ ſa giꝰeſſiere et ſe poꝛta tout moꝛt a la court du roy Artuſ.

Et ainſi veſquit Gargantua au ſeruice du Roy Artuſ leſpace de deuꝓ cenſ anſ troyſ moyſ et .iiii. iourſ iuſtement. Duiſ fuſt poꝛte eŋ faierie par gaiŋ la pꝰee/ et Meluſine / auecqueſ pluſieurſ aultreſ leſ quelʒ y ſont de pꝛeſent.

Cette facétie, dans laquelle il serait possible de voir une sorte de satire des Romans de Chevalerie, lecture alors fort en vogue, n'est à notre avis qu'un de ces contes populaires destinés à charmer l'ennui de nos bons aïeux dans les longues soirées de l'hiver. Ce conte, ainsi qu'on a pu le remarquer, n'a guère de commun, avec la *Vie inestimable du Grand Gargantua*, que les noms de Grand Gosier, de Galemelle (changé en Gargamelle), celui de Gargantua, et la création de cette Grande Jument au sujet de laquelle les commentateurs ont débité tant de sornettes. Quant au petit nombre d'incidens qui se trouvent être à peu près les mêmes dans les deux ouvrages, et que notre analyse a fidèlement reproduits, ils n'auront pas échappé à l'attention du lecteur à qui Rabelais est familier. Si, après en avoir fait le rapprochement, on revient au passage du prologue cité à la page 3, passage dans lequel Rabelais parle longuement, et d'une manière tout-à-fait originale, des *Grandes et inestimables Chroniques*, et surtout si l'on fait bien attention aux mots « *et à la mienne volonté* » dont il se sert, on sera fort disposé à lui attribuer ces mêmes Chroniques, qui acquerraient alors une certaine importance littéraire. Ce n'est pas, hâtons-nous de le dire, qu'on retrouve dans cette singulière production ni ce style rabelaisien, si plaisant dans le Pantagruel, ni aucune de ces joyeuses et piquantes saillies qui abondent chez Maître François, et sont le cachet inimitable de son esprit. Mais si l'auteur a écrit cette fois avec une simplicité toute vulgaire, si la naïveté de sa narration s'accorde peu avec les habitudes de son talent, on peut croire que c'est parce qu'il a voulu se mettre à la portée de la classe de lecteurs à laquelle était destiné son conte fantastique : voilà, sans doute, comment il se sera trouvé en cette circonstance fort au dessous de lui-même. Toutefois, nous l'avouons, cette explication, quoiqu'assez naturelle, ne nous satisfait pas entièrement, et nous hésitons à attribuer positivement à Rabelais un morceau si peu digne de son génie. Cependant, soit qu'on le lui donne réellement, soit qu'on juge qu'il n'en peut être l'auteur, toujours reste-t-il bien démontré que c'est là la source première de l'ingénieux badinage qui a rendu immortel le nom de Gargantua ; et à ce titre l'ouvrage mérite, sans doute, d'être mieux connu qu'il ne l'a été jusqu'ici. Peut-être même serait-il convenable de le réimprimer dans les éditions futures des œuvres du facétieux curé de Meudon.

Il est vrai que cet opuscule, devenu populaire à l'instant même de sa première publication, a été mis sous la presse mainte et mainte fois, à Troyes et à Rouen, pour cette Bibliothèque bleue, où il était bien digne de trouver sa place ; et peut-être encore aujourd'hui figure-t-il dans les foires et les marchés de nos campagnes à la suite de *La belle Maguelonne*, de *Richard sans peur* et de *Jean de Paris :* mais ces réimpressions sont toutes plus ou moins tronquées, et ne reproduisent point le style de l'original. Nous en avons même vu une de *Rouen*, *Ve Oursel*, in-12 de 24 pp. (avec un privilége daté de 1735) dont on avait retranché les quatre derniers chapitres. Quant à l'édition in-4° de 1532, décrite ci-dessus, nous sommes disposés à la regarder comme la première de toutes. La date en est fort remarquable, car le livre où elle se lit étant cité dans le prologue du Pantagruel, ce dernier ouvrage n'a pas dû paraître avant le premier, quoiqu'il ait bien pu être mis au jour vers la fin de la même année, comme le prouve assez l'existence de la *Pantagrueline prognostication pour l'année* 1533, imprimée dans le même format in-4°, mais en plus petits caractères [1]. Ce serait donc

---

[1] Cette édition in-4° se trouve placée à la suite des Chroniques, en 16 f., dans l'exemplaire de MM. de Bure ; c'est une pièce de 4 f. seulement, en caract. gothiques, et dont la plus longue page a 34 lignes. Le titre est le même, aux abréviations près, que dans l'édit. pet. in-8° de 8 f. décrite dans nos Nouvelles Recherches ; le verso du 4e f. ne contient que 19 lignes, et le mot *finis*, au dessous duquel se voit un écusson vide, que soutiennent deux enfans, portant en main une corne d'abondance. La vignette du frontispice représente deux hommes, dont l'un est coiffé du bonnet à deux cornes,

aussi à l'année 1532 qu'il faudrait rapporter la publication du Pantagruel. Cela s'accorderait parfaitement avec la date (1533) d'une lettre de Calvin, où, selon Leduchat (préface de Rabelais), cette facétie se trouve censurée, et confirmerait en même temps nos conjectures à l'égard de l'emprunt que Rabelais aurait fait à Geoffroy Tory pour son VIe chapitre [1]. Un autre fait digne d'attention, et qui résulte du prologue déjà mentionné, c'est que l'auteur y ayant cité ces mêmes Chroniques de Gargantua que nous avons amplement décrites, et non point le Gargantua, placé ensuite par lui au commencement de ses œuvres, il faut nécessairement que ce dernier ouvrage ne fût pas publié alors ; et pour se convaincre mieux encore qu'il n'a dû effectivement paraître qu'après le Pantagruel, il suffit de lire le commencement du premier chapitre, ainsi conçu : *Je vous remectz a la Grande chronique Pantagrueline* [2] *a cognoistre la genealogie de Gargantua.*

---

attribut de la folie. Le texte diffère en plusieurs passages de celui qui est placé à la p. 311 du 2e vol. de l'édit. in-4° de Rabelais, imprimée en 1741, et qui est la copie d'une édition sans date, où l'on a substitué sur le titre *l'an perpétuel* à *l'an* 1533.

[1] Voir à la p. 129 du 3e vol. de nos Nouvelles Recherches.

[2] Rabelais cite ici *la Grande chronique Pantagrueline*, quoiqu'aucune édition du Pantagruel que nous ayons vue ne porte ce titre ; mais il ne faut rien conclure de cette citation inexacte, pour infirmer celle qu'il a faite des *Chroniques de Gargantua*, puisque, comme nous l'avons dit, il existe un livre absolument sous le même titre qu'il rapporte.

Ainsi, selon nous, Rabelais, encouragé par le succès extraordinaire des premières chroniques de Gargantua, aurait tout de suite composé le Pantagruel, ouvrage beaucoup plus digne d'un pareil succès, et il se serait décidé à donner plus tard un nouveau Gargantua, écrit dans le même esprit que l'histoire du fils de ce géant, et destiné à servir d'introduction à cette admirable facétie, à laquelle il ajouta successivement depuis trois nouveaux livres. Nous ne connaissons pas d'édition du second Gargantua antérieure à celle de *Lyon, François Juste*, 1535, in-16 alongé, car celle de 1533, que nous avons indiquée dans nos Nouvelles Recherches, sur le témoignage d'Ebert, bibliographe allemand, ne doit pas être autre chose qu'une réimpression des premières chroniques publiées en 1532; et déjà, d'après le petit nombre de feuillets (24) qui composent cette pièce, nous avions douté, avec raison, que ce pût être là ce qu'on appelle aujourd'hui le premier livre du Rabelais. Il est très-possible, cependant, qu'il ait existé une édition in-4° du véritable Gargantua antérieure à celle de 1535; et peut-être, quelque jour, un heureux hasard en fera-t-il découvrir un exemplaire, comme on vient de le faire d'une édition in-4° du Pantagruel [1]. Cette découverte ne serait probablement point sans importance littéraire, surtout si elle nous offrait un texte différent de celui que nous avons, et où, en suivant les progrès que l'auteur a fait faire

---

[1] Nous voulons parler de celle qui est portée sous le

à son ouvrage, on pût étudier sa manière de composer. Déjà il a été facile d'en avoir une idée par les variantes fort importantes que nous fournissent les premières éditions du Pantagruel, et que les commentateurs nous ont en partie conservées. L'édition in-4° du même livre que nous venons de décrire est une nouvelle mine qu'un éditeur consciencieux pourrait exploiter avantageusement. Quoiqu'il n'entre pas dans notre plan de recueillir des variantes, on nous saura peut-être

---

N° 2273 du nouveau Catalogue de MM. de Bure, et dont voici la description :

Pantagruel

Les horribles et espouentables faictz ⁊ prouesses du tresrenõme Pantagruel Roy des Dipsodes/ filz du grand geãt Gargantua/ Cõposez nouuellement par maistre Alcofrybas Nasier

On les vend a Lyon en la maison de Claude nourry dict le Prince pres nostre dame de Confort.

Ce titre est imprimé en rouge et noir, et renfermé dans une bordure formée de deux colonnes. Au dessus de l'adresse du libraire se voit une vignette où figurent deux personnages

gré d'en rapporter ici une que nous tirons du
prologue du Pantagruel. Il s'agit d'un membre
de phrase écrit d'abord tout naturellement, et
que l'auteur a ensuite contourné à plaisir pour
l'adapter à son style vieilli. L'édition in-4°, impr.
en gothique, porte, vers la fin du prologue : « et
ſcauoir ſil y auoit encores en Bie nul de mes parens »,
et le texte adopté par Leduchat : *Et scauoir si en
vie estoit parent mien aucun.* Ce n'est pas là le seul
exemple de ce genre que nous pourrions donner,
sans sortir même du prologue.

Avant de nous occuper de la seconde rédaction des Chroniques de Gargantua, il nous reste
à faire connaître une édition de la première, également imprimée à Lyon, et dont nous devons la

---

séparés par un tronçon d'arbre. Le vol. est un pet. in-4° de
64 f. non chiffrés, impr. à longues lignes, au nombre de 29
sur les pages entières, en caractères gothiques, avec des
signat. de A.-Q. Le verso du dernier feuillet ne contient
que 27 lig., et il finit par cette phrase :

Bõ ſoir meſſieurs/
perdonate my/ɋ ne pẽſez pas tãt a mes faultes ɋ̃ Vous ne
pẽſez biẽ es Voſtres.

ffinis.

Le texte est divisé en 23 chapitres, sans compter le prologue ;
il paraît être, à quelques variantes près, le même que celui
de l'édit. pet. in-8°, sans date, décrite à la page 128 du 3ᵉ
vol. des Nouvelles Recherches. Il est à remarquer que l'in-4°,
ici décrit, se trouvait originairement relié avec le Gargantua,
en 16 f., et la Pantagrueline prognostication pour 1533,
en 4 f.; ce qui prouve assez que ces trois morceaux ont dû
paraître à peu près dans le même temps, c'est-à-dire en 1532.

description à la complaisance de M. A.-A. Renouard, auteur de l'excellent ouvrage sur l'imprimerie des Alde, publié cette année, et pour la troisième fois, avec d'importantes augmentations.

Cette pièce, impr. en caractères gothiq. et de format pet. in-4°, se compose de trois cahiers, de 4 f. chacun, sous les signat. 𝕬. 𝕭. 𝕮. On lit au haut du frontispice :

Le grant roy de Gargantua

Cette ligne est en dehors du cadre grossièrement historié qui renferme l'intitulé suivant :

Les grã̃des cronicques
du grant ꝗ enorme geant Gargantua/ Contenãt ſa genealogie/ La grandeur et force de ſoŋ corps. Auſſi ſes faictz darmes ꝗl fiſt pour le roy Artus/ Cõme Verrez cy apꝛes. Jmpꝛime nouuellement.

Sur le même frontispice se voit l'informe représentation d'un homme à cheval, tenant un enfant. Le texte commence au verso, comme dans l'édit. de 1532, par ce sommaire :

Comment au temps du Boŋ roy Artus
il eſtoit Vng treſeꝑpert Negromancieŋ que oŋ appelloit Merliŋ.

et il se termine au bas du 12ᵉ et dernier feuillet, verso, par la souscription suivante :

Cy finiſſent les Cronicques du grant ꝗ puiſ-
ſant geant Gargãtua / contenãt ſa genealogie La grandeur ꝗ force de ſoŋ corps. Auſſi les mer-

ueilleux faictz darmes ql fist pour le noble Roy
Artus/ tant contre les Gos et Magos/ que a
lencontre du roy Dirlande ↄ Zelende. Auecques
les merueilles de Merliῃ. Nouuellement impꝛi-
mees A Lyoῃ.

Cette édition, sans date, est tout aussi rare
que la précédente ; mais ce n'est certainement
pas celle dont a parlé Rabelais, puisque le titre
ne porte point le mot ineſtimaƀƚes qu'il a rap-
porté, et qui se lit dans celle de 1532.

Tandis que les libraires de Lyon débitaient
avec une rapidité extraordinaire leurs éditions
du premier Gargantua et du Pantagruel, un con-
frère avide, qui ne s'est point nommé et n'a point
indiqué le lieu de sa résidence, cherchant à exploiter à son profit la vogue de ces deux ouvrages, en faisait imprimer un nouveau, dont le titre
semblait annoncer la réunion des deux autres en
un seul volume in-8, mais qui n'était effectivement
qu'une espèce d'amplification du Gargantua publié en 1532, ainsi que nous allons le démontrer.
Le livre dont il s'agit a déjà été décrit dans nos
Nouvelles Recherches ; il est néanmoins nécessaire de le faire mieux connaître ici. En voici le
titre :

Les croniques

admirables du puiſſant Roy Gargantua/ en-
ſemble comme il eut a femme la fille du Roy de
Dtopie nõme Badebec/ de laquelle il eut ꝟng

I

fil₃ nomme Pantagruel lequel fut roy des dip⸗
sodes ꝗ des Amanrottes / Et commēt il mist a
fin Bng grant gean nomme Gallimaſſue.

Au dessous se trouve une vignette gravée en
bois, qui représente des soldats armés et trois
autres personnages dont il serait assez difficile
de déterminer l'action. Ce petit volume, impr.
en caractères goth., ne porte ni lieu d'impres-
sion ni date; il se compose de 68 f. non chiffrés;
le dernier offre, au recto, une vignette représentant Gargantua, sur le haut d'une tour,
sonnant de la trompette, et, au verso, une autre
vignette où se voient Grand Gosier et sa femme
portés par la Grande Jument. On lit au verso de
l'avant-dernier f., après la 5e ligne :

Cy finent les Cronicques admira⸗
bles du puiſſant Roy gargantua.

Le texte, qui contient 27 lig. par page, est
divisé en 41 chapitres, non compris le Prologue
capital, imprimé en 24 lig. au verso du titre [1].

Ces *Chroniques admirables* roulent évidem-

---

[1] Un semblable prologue doit également se trouver dans
quelqu'ancienne édition du premier Gargantua, car on en
rencontre un du même genre dans les réimpressions plus
récentes de ce dernier ouvrage, qui n'ont rien de commun
avec *Les Croniques admirables*. Quant à la date de celles-ci,
elle doit être de 1533 environ, c'est-à-dire quelque peu
postérieure à celle de l'édit. in-4° du Pantagruel. On a pu
voir à la p. 136 du 3e vol. de nos Recherches, que l'exemplaire par nous décrit, et qui appartient à la Bibliothèque
royale de Paris, a été acheté en cette ville en 1534 : nous
ajouterons qu'alors il était déjà relié.

ment sur le même sujet que le premier Gargantua, dont elles reproduisent, chapitre par chapitre, presque tous les détails ; mais le nouvel auteur y a fait des changemens très fréquens, tant dans la narration que dans le style. Il y a ajouté un prologue, et il est parvenu à étendre tellement certains chapitres, que, de deux pages de l'original, il a trouvé le moyen d'en faire huit, et même dix. Outre cela, des aventures nouvelles ont été rattachées, tant bien que mal, à la fable primitive. Ainsi, avant de nous parler de la mort du père et de la mère de Gargantua, l'arrangeur nous raconte *comment Grand Gosier emporta la grosse orloge de Rennes.* Plus loin, avant de passer à la guerre contre les Irlandais et les Hollandais, il nous dit *comment et pourquoy cest quil nya nulz loupz en Angleterre ;* ensuite se trouvent encore d'autres nouveaux chapitres, dans l'un desquels on voit comment Gargantua rencontra à Londres, dans un jardin, une belle dame, *en laquelle il ficha si bien son amour / que quant il dormoyt tousiour luy estoyt aduis quelle estoit couchee aupres de luy / et pour ceste cause lui ennoya vn fort beau rondeau par amour ;* Rondeau qui, pour le dire en passant, est fort plat, ainsi que celui par lequel la dame repousse poliment les avances de notre géant, dont les proportions colossales lui faisaient peur, bien qu'elle-même n'eût pas moins de trois cents coudées de haut. Gargantua se voyant ainsi rejeté, prit congé du roi Artus, et s'en alla tout droit en Utopie, où il reçut en mariage la belle Badebec, fille du roi des Amaurottes. Ici le plagiaire emprunte sans façon trois chapitres du

Pantagruel de Rabelais, et entr'autres celui qui
se termine par l'épitaphe de Badebec[1]. Puis,
abandonnant pour toujours Pantagruel à Poi-
tiers, où son père l'avait envoyé étudier, il revient à Gargantua qu'il ramène chez le roi Artus ;
ensuite il conduit son héros chez les Irlandais,
où il reprend l'histoire qu'il avait interrompue et
la continue, à peu près, comme dans les chroniques in-4°, en y ajoutant néanmoins, ainsi
qu'on peut bien le croire, quelques nouvelles ex-
travagances, plus fortes les unes que les autres;
et au lieu de terminer son récit à la défaite du
géant de douze coudées de haut, de même que le
fait le premier auteur, il y ajoute le voyage de Gargantua à Rome, et de là à Naples, en Sicile, jusqu'en Syrie, au mont de Sinay, où ce héros parla
à des religieux qui lui enseignèrent la Montagne
noir. Là demeuraient dix-sept grans geans qui ne
manquèrent pas de bien accueillir leur nouveau
compagnon. Mais Merlin ne perdait pas celui-ci
de vue ; il vint le trouver et lui dist q̃ le roy Oberõ
enuoyeroit de brief Vng grant geay nomme Gallimassue au pays de Gaulle pour le deffaire / lequel estoit filz dug grãt geay nõme Alliuergault ꝗ de Hi-
zãgrine la geãde / apres q̃ merlin luy eut tout racõte
il fist Venir Vne grosse nuee toute noire laqlle les porta
tout du premier Vol iusqs es mõtaignes des haultes
auuergnes entre sauuoye ꝗ les allemaignes/ꝗ la print

---

[1] Ces chapitres sont le 2ᵉ, le 3ᵉ, le 4ᵉ, à quoi il faut ajouter
le commencement du 5ᵉ. Il va sans dire que ce sont les meil-
leurs du nouvel ouvrage.

enuye de piſſer au gentil capitaine gargantua leql
piſſa trois moys to⁹ entiers ſept iours treze heures
trois quars ꝗ deuꝝ minutes / ꝗ la ſe engēdza le fleuue
du roſne ꝗ pl⁹ de ſept cēs nauires ꝗ baſteaulꝝ pour la
peupler Et piſſa ſi treſropdemēt leſ capitaine gargātua ꝗ oncꝗs depuis ne ceſſa le fleuue du roſne de
courir ſi treſimpetueuſemēt ꝗl ſemble a le ꝟeoir aller
ꝗ ce ſoit ꝟng carreau darbaleſte / adonc ledit merlin
luy diſt / gargātua ie te laiſſe ici pour faire la bataille
côtre gallimaſſue laꝗlle ſera fozt dāgeureuſe mais tu
en auras lhôneur/ꝗ ce faict te ꝟiēdzay ꝗrir ꝗ te mene-
zay en faerie ¹ ou eſt le bõ roy art⁹ auecques ſa ſeur
mozgain / ogier le dānoys / ꝗ huõ de bozdeaulꝝ / au
chaſteau dauallõ ou ilȥ font tous grant chiere.

Ici commence une nouvelle histoire, celle de
Gallimassue, lui-même, consistant en huit chapitres. Nous allons en rapporter les sommaires,
afin qu'on soit à même de les comparer avec ceux
qui pourraient se trouver dans quelque autre histoire dudit géant.

⸿ Cômēt gallimaſſue fut ne ꝗ des mer-
ueilleuꝝ faictȥ quil fiſt en ſa ieuneſſe/Et
auſſi comment il fut amoureulꝝ de la belle Gzibouille.

⸿ Cômēt Gallimaſſue partit pour aller a la tour de Babillonne/de laquelle il
iecta frappe ſaulce par deſſus les murail-

---

les/Et puis conquist la belle Gribouille
sa bonne amye.

¶ Comment Gallimassue parla a la
belle Gribouille / ꝗ comment il tua le
grant Gallaffre.

¶ Commēt le roy Oberoꝝ bint a la
tour de Babilōne / leꝗl commāda a galli͛
massue ꝗl seꝝ ptist pour aller au paꝭ
de Gaulle pour cōbatre contre le grāt
geaꝝ Gargantua.

¶ Commēt gallimassue eꝝ allant eꝝ
ffrance / rencontra Hercules ꝗ Jasoꝝ
qui alloꝝēt conꝗster la toysō dor lesꝗlz
il mist tous deuꝛ eꝝ bne besasse.

¶ Commēt gallimassue arriua a na͛
ples ou il trouua gargātua qui ꝑ estoit
arriue le iour precedent ꝗ de la grāt ba͛
taille quilz eurēt ensemble / ꝗ comment
les Raues sont benues au paꝭ de lꝑ͛
mousiꝝ ꝗ de Sauoꝝe ꝗ puis a hauber͛
üilliers pres la court neufue.

¶ Comment Gargantua courut aꝑs
Gallimassue qui seꝝ estoit fuꝝ / ꝗ com͛
ment eꝝ passant par la Champaigne
il trouua encore les boꝭs que sa grant
iument auoit abbatuꝫ / lesquelz il porta
a Paris / Et comment il emporta tou͛
tes les bignes de Normandie.

⁋ Commēt gargātua fut a chasteau
landõ la ou il trouua gallimassue auec
son armee de bedoins lesquelz il decon=
fit et mist a mort leur capitaine galli=
massue.

Enfin les Chroniques admirables se terminent
ainsi :

⁋ Grans ꝗ petits lisez biẽ ceste histoire
Je vous requiers / ꝗ eꞥ faictes memoire
Racomptant tous les faictz de gargantua
A tous iamais / lequel les payens tua
Vous ny verrez mot qui ne soit pour rire
Lecteurs lisez biẽ oꞥ vous escoutera
Tenez ce faict mensonge sans mal dire.

R mes bons amys ce se=
royt trop longue chose
pour vous racõpter tou=
te sa vie eꞥ ce petit volu=
me / car elle est si tresgrã=
de ꝗ si tresfructueuse que
oꞥ neꞥ scauroyt trouuer
la fiꞥ / Pour ce mesdictz
seigneurs il vous plaira de prendre eꞥ gre ce
petit que iay peu traire eꞥ francoys dauec le
Grec et Latiꞥ / Pource eꞧcusez moy ce le lan=
gaige est trop rude ou trop rural / Car ie lay
eꞧtraict au mieulꞧ que iay peu faire ꝗ con=
gnoistre de sa vie ꝗ legẽde seloꞥ la vray ve=
rite.

Que dire de ce singulier roman où figurent

tout à la fois et Gargantua, et Pantagruel et ce Gallimassue qui probablement était déjà l'objet d'une publication particulière, aujourd'hui, peut être entièrement anéantie, mais qui a dû exister, puisque Duverdier (au mot Pandarnassus) nous conserve le titre d'un livre intitulé : *Le tres eloquent Pandarnassus, fils du vaillant Gallimassue....*, lequel paraît être la suite du premier. On n'y peut voir qu'un plagiat maladroit, une production sans esprit, dont l'auteur, incapable d'imiter Rabelais dans ce qu'il a de meilleur, et peut-être même d'en goûter le sel, a cherché à l'emporter sur lui en extravagance et en obscénité ; à quoi certes il n'a que trop bien réussi. Ce n'est donc que l'extrême rareté de ce petit volume, et le rapport qu'il a avec *Les Grandes et inestimables chroniques* citées par Rabelais, qui ait pu nous engager à en parler avec assez de détail, pour en donner une idée suffisante aux bibliophiles.

FIN.